大雅

为一种品格注脚

拜德雅
Paideia
文学·异托邦

塔朗窃贼

[法]皮埃尔·勒韦迪(Pierre Reverdy)|著
冯 冬|译

广西人民出版社

- 译者序 -

勒韦迪的诗体小说《塔朗窃贼》（*Le Voleur de Talan*，1917）诞生于一个事件：某天他去拜访住在巴黎的好友马克斯·雅各布（Max Jacob），看到一个装满手稿的箱子，顿生好奇，但雅各布担心朋友会窃取他的写作灵感，便当着勒韦迪的面关上了箱子。这一关闭箱子的举动提示勒韦迪，他与文学之都巴黎的友谊是不可靠的——他后来与雅各布、布勒东等人不欢而散，并于1926年离开巴黎去索莱姆隐居，其诗作中始终萦绕着面对现实的尴尬与无力。同时，“关闭”也是勒韦迪极钟爱的一个词，它表明世界和他者的不可进入性。《塔朗窃贼》正是围绕现象世界的无基底性展开的，一切生活在白昼中的人与物都处于巨大的悬浮状态，随时可能坠落，相互之间有观看的窗户，但绝没有紧密维系的纽带。

这不可终结的巨大世界与感知这个世界的“我”之有限形成一个反差，勒韦迪擅长在这个反差中写作。“他走到街对面，瞳孔因恐惧和惊讶而放大，什么也看不见”。在一场日常的致盲中，塔朗窃贼遭遇了生死的界限，这个时刻对于世界本身是无关紧要的，世界漠然于生活的紧迫，而“走到街对面”已经是一个奇迹了。作为哲学之起源的原初惊奇，在塔朗窃贼这里变得险象环生。为获得一种高处乃至绝处的观察，他不得不铤而走险。我们也许会想起布朗肖的小说《我死亡的时刻》中活过自己的死亡、作为自身之幸存者而存在的那个人。然而布朗肖所着重的事件本身的记述(récit)在该诗中延宕成一个个意识停顿的巨大片刻。饱受震荡体验的塔朗窃贼总是气喘吁吁地奔往别处——某个身体与精神的避难所——他总在寻求一种近乎绝望的出路：“于是你不得不从那些淹没了你目光的陌生人脸中寻出一条路”。作为诗人的一个永恒形象，塔朗窃贼不断洞穿惊奇之下的重复，正如洞穿白昼之中隐匿的止息或死亡，这也许是诗人恐惧并极力逃脱的东西。

为真正遭遇无限之物或巨大之物，勒韦迪笔下的窃贼从一个场景跃向另一个，他过于发达的听觉与视觉被叠加起来组成一幅幅巴黎的立体图。这些图景构成一种共时性，即同一时间内发生于不同地点的事件，或不同的感知片段，被诗人以无明显联系的方式联系起来，这在立体派、未来派那里被大量使用。《塔朗窃贼》描绘了一个连续性被不断打断的世界，诗中的主角时刻处于紧张的知觉状态，他需要不断调整并适应观看的要求，比如透过树梢去观察房屋，这使得他的意识总处在他者的生活与自身状况的分裂之中，这也许是黑格尔所言的不幸意识的另一个诗意版本：“一些大街升向尽头 / 我下降”。

本书由我从勒韦迪《作品全集（第一卷）》（*Œuvres complètes, Tome I*, Flammarion, 2010）译出，翻译中参考了伊恩·锡德（Ian Seed）出色的英译本（*The Thief of Talant*，Wakefield，2016）。为方便理解，英译者往往把原诗的泛指人称代词 on 译作特定人称，从而抹除了勒韦迪诗作独有的匿名性。为忠实于原诗“无感知者的感知”，中译本会出现一些无主语的句子，仅仅暗示事态或知觉的某种可能，希望不会造成阅读困难。

在此我要感谢白轻邀请我翻译这份隐秘的珍宝，相信它能对少数寻求者闪烁。另外，诗人一笑通读了译稿，在语气和修辞上提出了修改意见，在此一并致谢。

2019 年 5 月

于费城麦尔维尔街

勒韦迪肖像

（毕加索）

献词

那刺穿他肋骨的武器

鹅毛笔

那淌成黑色的

血

墨汁

噢，美好的虚构生活更真实

底下一个熟悉的深渊

敞开

一头动物刚动了一下
能听到蹄子刮擦秸秆覆盖的路石

然后一声哭喊

有事要发生

有人在天窗内以独眼窥视

仍是夜半时分，钟锤匀速摆荡，沉默地报出时间，
只能等白日降临，才知道发生了什么

岁月迅疾流逝于孩童朦胧的脑海

只留下一段已改变的记忆

这之间，当你凝视同一个点，你
会发现它并未移动

那是光的把戏
不再能看见相同的色彩
耳朵也将改变

多么浓厚的烟雾

为赶走那黑暗，他用手指撕碎了自己的脸和心

如果他在某十字路口遇见自己
一辆经此的马车车轮擦过他，他的外套将一直粘着泥巴

他到底离开
多久了

所有物体之间都有一种他欲填补的空无，他的头从一个飘移到另一个

如果他愿意，风会把他
运过树梢

而你，你一直斜倚着护墙
似乎在等谁

钟敲响了，并不是召唤你

警笛带来另一种气候
高亢的呻吟

一个意象
必须砸碎一切枷锁，离开
以手为引领

一个人内心总有一个可怜的哭泣的孩子

勒韦迪肖像

（毕加索）

他比众人更
荣耀
　他出生时
头上戴一个
光环
　　　那光
仍一直照亮

那天清晨迟迟来临

一辆火车穿过拱门后鸣笛
打盹的马车夫
在座位上纷纷骚动

能看见那些白帽子颤抖，像人造的花

在一直下降到房顶的灰暗天空下，巴黎刚醒来

公共纪念碑静止不动

一个年轻男子在汽车喇叭声之间奔跑

他害怕

在像动物般敏捷滑行的有轨电车后面奔跑，难道就是为了在远处消失

他走到街对面，瞳孔因恐惧和惊讶而放大，什么也看不见

他停下来，发现自己忘了拿箱子，不知往何处去

无限重复的桥下，塞纳河安静缓慢地流淌

只能沿河堤追随波浪

船绘出的浪花让他惊异地想起大海

远处的森林消失在一座城市中

抓贼啊

他身后某个奔跑者追上来

无处可逃

总是太晚

一个男人向他伸出手，显然没有恶意

朝同一个方向走早晚会有一个伴儿

远处一缕微光垒起一堆白石

无处可走

一段时间后疲倦随之而至，而每个在路上的人都有件行李

开始是脑袋

接着腿开始疼

我虽然不认识你
但我爱过你
现在我更爱你了

要发生的事迟早要发生，我俩之间不必担心有误会

无论如何我都原谅你

趁等待之际我把你介绍给我的朋友

十一点了，我们去喝杯开胃酒

酒馆

——我从他那里偷的五十个金币正躺在我肚子里
——还是这法子轻巧
——总能金蝉脱壳
——你该在瓦芳站下车
——那个偷得太多的毛孩子刚死了

所有报纸都在谈论勒皮克街上新的一起犯罪

咖啡馆角落里升起一颗星，烟雾模糊它
的光

吧台后一个年轻女子放声大笑

他俩离开后又出现在另一个街区

前方陡升的拉维尼昂街消失在弄湿人
行道的雾气中

每一天，人们都自以为在攀向天空

勒韦迪肖像

（毕加索）

仅仅为说一次谎

下雨了，那老人的拐杖末端几乎碰到天空一隅

下面有个孩子骂骂咧咧

一扇窗阖上，大街恢复平静

好的事物仅从上方来

力量与欢快

而非出于大地

太阳的照耀是个错误，黑夜

理应统治这里

地狱也不如这美妙

如果我能换个地方

我有翅膀但我宁愿走路，我脱掉鞋子后

毫不疲乏
但诗并非总在别处
无止境的街道
还有那些以高度和气势压垮我们的建筑

它们中的某个偶尔也微笑
一帘窗布揭起
一张脸全然显露
那就是一个人能带走的一切
一个生活于某处的意象

先知亚伯过来看他三个月前安置在蒙马特一个狭窄房间里的朋友

风如果时而吹起，
晃动树枝，并驱赶
我们终将变成的尘土

没有我，孩子们就不知如何玩耍
我教鸟儿歌唱

教诗人在使用星星和萤火虫的同时避免混淆它们
我玩太阳和月亮的杂耍
我还创造了哑铃
和天空

有人穿过走廊停了下来

夜里能见到影子穿墙而过
光，游走于众门
轻柔之声拂过隔墙，女人们唱着歌
走过
比古老的记忆更苍白

那夜晚的场景里有一把钥匙缺失了

新房客出门

离开的时候已经想要回来

那些永不迷路的人

冬季里那房子因雪的缘故看上去更孤
独了

那是一处更遥远的风景

时而，一个忧郁的海港

那房子孑立于一片阴郁而模糊的空地

一声号角宣告剩下的人也得离开

勒韦迪肖像

（毕加索）

时常于我们转身
之际，身后便有
某样东西比我们
更快流逝
　　　　　我多想
在持续的沉落后
再次升起

您不必起身

谢谢

一扇门在阴影里打开

一个点着灯的笼子
在一个洞的深处

就像一只鸟落在一个把手上

真的有一阵翅膀的拍打

一阵心的跳动

情感令他窒息，他本该红润的额头仍然苍白

别的情绪他都隐藏在胡子里

无人

在这阵沉默中

也许我们在等那永不到来的一个

一位女士

小资产阶级

她令我想起池塘边

收叠翅膀的

鹤

她应该也有
细长的腿

所有奢华在沙龙里避难，那里厚厚的窗布让人
忘记了大街

如果有一点火花

烟囱里的猛兽会大笑

绷紧的皮肤
愁绪顿生的寒冷
那场总是失败的斗争
愚蠢懦弱

现在那位先生就在那儿

他有双笨拙的大手

一个太过年轻的命运在上面颤抖

尽管如此，他勉力镇定

在桌子上

众脸于镜子深处跳舞，环绕我一动不动的

脸

一面绿瀑布从天花板落到一张苍白的脸上

羞耻和恐惧源于到了此地却不知如何出去

从头到尾

声响震荡

终于

巨大之物移动

钟摆让几个小时溜走

空气颤动如动物的皮

很晚了

一个孩子已在椅子上睡着

一切悄无声息地发生

一声叹息在烟圈中升向天花板

可以离开了

我与一头安静而温柔的熊待在咖啡馆里

疲倦战胜一切

接着是可藏身其中的夜里无拘无束、独自一人的愉悦

巴黎在闪亮的海里漂浮

林荫大道变成某些女人

固执而美好的愿望消失
于其中的河流

城中心的人群麇集在同一个
地点，这不过是那同一头动
物根据成千上万脑袋的独一
意愿爬行并摊开

于是你不得不从那些淹没了你目光的陌生人脸中
寻出一条路

有时你的双腿
让酣睡的波浪
移动

一些大街升向尽头
我下降

大街两边是成排的颤抖的煤气灯

　　　　拆开这些饰物的手指
　　　　在夜里
　　　　　　藏起来

　　　　每扇窗都关上遮板

一辆经过的马车让他的影子疲倦

被冷漠包围时可以加快步伐

　　　　他在这荒漠里不得不加快步伐

一朵云弄湿了他的脸，他的手浮向
　　　　　　　　　　　　　　　　半空
远处灯光让他安心

一切都睡了

沉重的睡眠让大地

凹陷

你看着空气一点一点变轻

音声止息

听得见溪流潺潺

就算鸡鸣声传来也不觉惊讶

一面看不见的钟数着时间

勒韦迪肖像

（塞古拉）

我第一次进入的
那个房间像笼子
一样再度关闭
　　　从那以后
有人前来敲这门
却无人过去打开

窗前有一个男人写作
在天使中间

那是太阳的光

房子的居住者在放了一些旧书的书架之间
低声交谈

斜靠着天空之墙
鸭绒被堆成
一座山丘
但还有别的风景，它们的星星被流放

基督独自占有这房间

树还是专区政府的

海藏在山背后

一只蝴蝶墨水中淹死
从里面再飞不出词语

如果你以惊奇而迷茫的

眼神

注视那说话的人

镜子相互映照

夜间舞动的阴影
在点灯的时刻

自动消失

一个更苍白的头
俯向桌上的纸

一个源头　　　一阵欢笑闪耀
或
只听到　　　　几声抽泣
自他胸中爆发

谁在那里

我是塔朗窃贼

先知亚伯整理好他刚放在桌上的信件和纸张

一个人从后面进来，没人看见他
纸页颤抖
老乞丐的双手也颤抖

它们本应该

撑起一片天

也许是恐惧

自沉默中升起

一句祷告

多么热切

如果你突然转身，就能看见一只黑鸟以人的模样振翅欲飞，胳膊底下夹着一沓手稿或一本书，然而你抓不住他

一声轻响

渐渐

充满

屋子

炉子呼哧着变红

但他胸腔内燃着另一种火

当他张开怀抱，另一个他不得不一头落进去

先知虽心存疑虑，但还
是很高兴塔朗窃贼前来
拜访

首先是
那上面
一个
鸟巢般大小且明亮的房间
往下是一个井般深黑的
房间
就在那里
一个天使每天逗留于窗台守望

那独自保守着
古老秘密的人
害怕有人盗走

天使也来看顾他
和他的财宝

他们选了他是因为
他服完了兵役

最后你发现每个楼层上
他们无处不在

包括某晚在通往院子的
楼梯上侮辱他的那一个

一开始看不见他的翅膀
为参加上流社会的晚会
他把它们藏在衣服底下

他接着朗读他写的诗，把它赠给
那些从中汲取光芒的人

你，带着你的爪子
和那
熊掌般的手

你的皮肤很适合
做成鼓

我要用你的声带
代替小提琴

然后我就能唱
你教我的歌

看看我的手
看看我的指甲

我是唯一能双脚生翅的人

我死后的整个世界
将变成我的影子

窗帘微微撩起
一声叹息
烟囱里快要熄灭的火在偷笑
你做个鬼脸
有人开始在庭院里唱歌
提醒我们该是离开的时候了

勒韦迪肖像

（格里斯）

你可以走别的路
然而那些两边都
是低矮房屋的小
路向我们展露亲
切且微笑的面容

百叶窗后面传来歌声
脚步踢踏地板的声音
歌声停了，笑声爆发

一定是到了
另一个乡村

只看见门上的
牌号
也许正是给我们
带来幸福那个

因为不知声音

从何而来

　路人好奇地

在人行道上

　驻足

到了晚上

整条街仿佛

月下一棵树

烟囱把影子投到墙上

标记钟点

一个接一个

它们消失在另一个世界

白昼缓慢降临

终于有人想到

去户外看看

一个好奇的脑袋探过墙头
一声惊叫

一个男人躺在路边
像是死了

那一眼比另一眼更大
且更美的小妞用纤手
摸了摸沉睡者的胸膛

他心跳微弱

他本可以睡得更久
永远睡着

但夜里总有东西在守望

那是我们看不见的

那是我们不知道的

一个快要死的人突然醒来
好吧

他睁眼的瞬间像从很远的地方回来

脸盆里的一点水足够了

他仰起头，看到一圈新面孔

每个人都拿问题轰炸他

——你从哪儿来
——你叫什么名字

他温柔的嗓音暴露了出生地

——我刚来这儿　　　　　　刚
　　满二十岁，三天
　　没吃东西

　所有人一阵大笑

——你叫什么名字来着

　　　　　　幽暗光线中独特的眼光交错

　　　　　　一个脑袋靠过来，莞尔一笑

当轮到他的时候，大伙儿都让他跳舞

圆形剧场布满没戴面具的
乐师
一些人挥舞狼牙棒来充当
吉他
众人中有一张忧郁而沉默
的脸

几个高个男人相互交换
越过肩膀的目光

他们在笑谁

最终因为无人解释这一切，为消磨时间，
他们就把礼品抛给那些穷人，并等待一个
新的音符加入这演奏

一些专注的耳朵竖起来
一位新乐师加入这音乐会

此时白昼绕着房子走了

一圈

　　能看见天空刺穿屋顶

　　上面

　　　　　烟像一朵云

　　　　　升起

你什么也　　　有时你想问

看不见　　　　它去了哪儿

却知道一切

　　后来

　　　　　又想起

两位朋友拥抱后分离

朝相反方向延伸的大街

分开了他俩

大笑一场的塔朗窃贼饿着肚子回家睡觉了

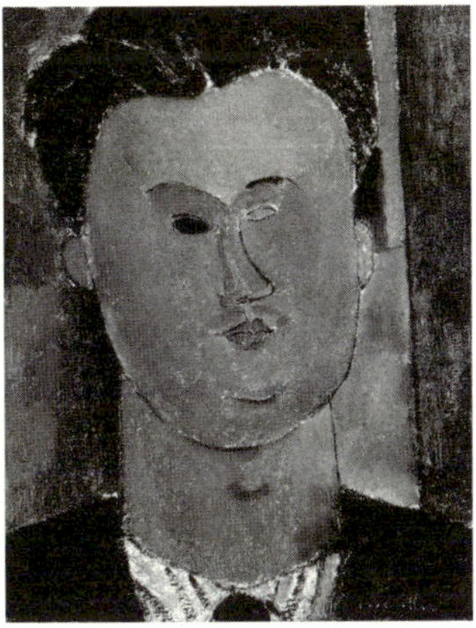

勒韦迪肖像

（莫迪利亚尼）

我们身后一切
卓然矗立
　我们所创造
的历史不会死
去

记忆又回来了

一缕光芒从天空降至
火车站
机车肚皮上
有个大红灯和一只绿
眼睛

它很快会刺穿
来临的夜

所有人在站台上等待离别

激动的人群里
眼睛说着伤心事

火车开往巴黎

那是一个看不见的
浮标
那是另一个尽头

睫毛低低地覆盖眼睛
或者心

那是一张面纱

当窗帘拉开

终于能看清眼前之物

有人已经问过火车的
经停站点

那房子显得空荡

如果他能永不离开

第二天太阳仍令人惊讶地照耀

曾有一
阵担心

现在不幸笼罩这座小城

一朵路过的云把钟楼
切成两半

海如此靠近，几乎舔到墙根

午后一阵钟声摇撼着寂静

至高的厌倦重压房顶

紧闭的门外，人们眼观路面缓步而行

他们在寻找我的足迹

勒韦迪签名

一个障碍落在
世界和我之间
从那栅栏背后
我经常看着人
们自由地离开

走廊里地毯减轻了脚步声

但仍听得见门吱嘎作响

最沉重者悄无声息地走过

外面有一些手臂在拍打空气

我进门时脑子发昏，分不清东西

如果必须听从这荒诞而机械的声音

午后的墙似乎并不比人听到更多

无人在听

从地板至天花板无一物在动

热度均匀散开，叹息着入睡

接着，一些激烈的梦经过我们头顶

好些漂亮脸蛋在桌旁微笑

两道栅栏之间看得见
街上的动静

下面

行人发出各种声响

城市活着

转身就是一堵墙

关在保险公司办公室里，他惊讶地注视人们呼吸空气

进门之前最后一次
看看外面

街上人来人往

总有人把东西放在门口

低头

在高处

一切希望都失去了

冬季
多好的避难所

他们说那儿

还在下雨

在堆满空洞书籍的四壁之间
一种乏味的生活

明亮角落里有人在说话

昨日游行庆典变成新的功绩
多么欢快

有人刚跳了一下

天花板颤动

门开了，谁也没注意

一个影子经过

寂静突然变得巨大

膨胀至四个墙角

还有一个人

然后只听到有人在工作

此刻

快天亮

一帘灰窗布遮暗了窗口

天空似乎要坠入庭院

雨声模仿着自由
行走的人的脚步

还是跑掉为妙

还是逃走为妙

去别处

时间过得好慢

视线停留于不再转动的指针上

手已就绪

万物颤动

正午钟声快要敲响

令人焦急

一把椅子倒了

终于

铃声响彻

然后一群人滚动着空空如也的胃迅速散去

祝你好胃口

这是一群休息时陷入忧郁的人

他们出来时的背影极相似
没人转过身

记忆在我们背后走着

某天他的翅膀被归还给他

一场完美灾难
之后那个夜晚
自由又回来了

这黑暗戏剧发生在
一朵人造的云中，

它割下所有人头，
那些声音并不来自
天空

残酷　　　　　愚蠢

上流社会的人叉开腿支撑肚子

其实早被压垮了

但人们却点亮所有的窗，硕大的花朵反季节地

挂在那里

它们是一些人脸

窗布给眼睛镶框

大家都想一睹他的尊容

他没敢抬起头来

一种没能够
触动眼泪的
情感
　他没能让
路人生怜悯

忧郁在他的心里
占据混乱的位置
他眼睛里的信仰
放光
他几乎就要笑出
来了

那些虽然不理解他却爱着他的人对此也心存疑虑了

于是他在巴黎茕茕孑立、身无分文

他最后一个朋友也把他扔出去了

他的自由愈加巨大

他穿着花花绿绿的可笑衣服，严肃地盯着宇宙的顶点。

当别人通过改道或多或少脚踏实地前行，他却暴露于诽谤与成见的交叉火力。他青春年少的优势也敌不过绝望情绪，后者向他揭开世界的永恒性与人类的蜉蝣般存在。他年纪轻轻就心力衰竭，他知道自己享受不了努力挣来的名声。

一切显得虚假。他的目光穿越无限，他无知的心感到了崇高的东西。他怀念行李的重量，那让他受制于一些熟悉而容易的手段，但同时，他天使般的轻盈却使他不可称量。这优点如同一场灾难，孤立且毁灭了他，一种友好而至高的平庸令他窒息。

癞蛤蟆不长翅膀，太完美了！

在一个传奇已死的时代，他却让传奇得以永恒，他在巨大反差中完成了旅程，活在平庸里，却做着无果的荣耀之梦。

夏天幸运地点燃屋顶
他的情感被太阳晒干

唯有太阳抚慰陪伴他

在环绕他的紧张生活里，一
位同伴为他唱歌

很快
他就能
看得更远

闪闪发光的金色尘埃在大街尽头升起
这是万物消失其中的神化的云彩

五点钟，圣拉扎尔车站

火车汽笛刺耳地追捕我

为了地平线上一小片晴朗的天空，我把灵魂交给谁？一盏煤气路灯的残酷现实从窗棂上自行解脱，平息奢侈的梦。我们正该在这里好好反抗把我们引向邪恶的神经冲动。真理与疯狂在我们身上失去了作用，把行为责任完全留给我们自己。然而，我们从未干过如此低劣的事。可怜的奴隶啊，如果你不知拿它做别的什么用，一张桌子还是一张桌子。然而保持像惰性之物那么简单的手段，我们也是缺乏的。黑暗与光明转化了我们。人的觉知是一种不必继承的悲哀的遗产，一个我们与之斗争的不可或缺的敌人，我们无法全胜，因为自杀是愚蠢的。我们体内需要一切以保持平衡，激情与冷酷缺一不可，否则你不得不在相反方向上走得过快，在每个障碍物那里跌一跤。

脚跟随步伐轻敲地板，手握玻璃杯，平静的日子别无其他。但我们如果将目光投向内心以混合记忆，那就必须从书本中寻找词语的意义，然而我们永远找不到要找的东西。如有风吹，那是另一种声响；如有日出，那是另一种色彩。闭其眼，塞其耳，因为真理即在我们自身，无须说服他人。

勒韦迪肖像

（莫迪利亚尼）

最优秀的最后
也疲倦了

最强大的后援
撤离了

茕茕孑立，不
知何处
安身

越来越靠近那个洞

我朝它的底部　　看了看

我的形象

且不论那些侮辱与谩骂

威胁与击打

我并没有

跌得更低

然而人们乐意拯救那些溺水的人

他们可以爬回船上

避免了　　　　　或某块安全的岩石

必要的

　　　　　　　　荣耀归给那些伸出

　　相认　　　　双手的人

　　　　　　　一切被照亮

月亮挂在屋顶边缘

一条白裙

几声叹息

织物在下坠中被撕坏

脑袋卡在两根树丫间

　　　　　阴影里满是

　　　　　散步的人

首先望一望星空

然后左转

就是那幢矮矮的房子

进门之后，门自动关上

白天的热浪使这幢镶在
灰蓝背景之下不真实的
房屋里的木头裂开

夜里炉火已备
好，火花升起
后，迅速熄灭

黑色背景过高

大衣上好几个

洞

没有人注意到

在过道里走着害怕，所以加快步伐

低语滑入阴影

一阵呼吸的风吹灭了灯

发生的一切都消失了

房子在清晨

又透明起来

玻璃窗敞向驱散黑

夜恐惧的阳光

可以进去了

太阳使鸟儿颤动

此刻唯有无厚度的侧影在黑色背景上活动，有时能
看到那些洞在闪耀

那天企鹅从右侧的门
进入

亲切友好

另一侧是端着蛋奶酒的阿兹特克人

可怕的敌人从地平线上逼近，某些诗人却把石头砸
向惊恐万分的动物

与此同时，一群珠鸡近距离地环绕我们
四处乱啄
我全身都被啄了

但我却是个差劲的猎人
差劲的渔夫

要是我有把枪能吓唬吓唬那些靠近我的东西就好
了

咖啡馆露天座那表演喜剧的杂耍演员
再次出现

他羸弱的身躯飘摇
于一件过大的红色
紧身衣
一张丑脸

塔朗窃贼的相貌向他
的作者发出如此信号

教堂门口那些召唤行人
的人，他们的脸
也如此

另一个他每次总会回来

很快他变成一头踮起脚的
大象，在一根被他迅速当
作基座的柱子上保持平衡

他如何在夜里打发时间来对付白天树立的假想敌

某天夜里他灵感来袭，把自己当
成檐槽上的猫，然而身体的重量

远远超过才华的重量，锌板坍塌
之后，他在人行道上把自己的脸
摔得稀烂
底下一个好奇的行人跑过去
然而除了空无，已没有任何
踪迹
只剩一个干瘪的气球和一
点黑人的脑浆，
跌落之后，其余被一阵
风蒸发无痕迹

帐篷下面，有人在说话
有人在喝酒
镜子里有人看我们

一边远去，一边倾听
比我嘴里冒出的烟还轻

又醉了一次，塔朗窃贼回到家里

勒韦迪肖像

（格里斯）

一张面部特征散去的绝无
仅有的脸

　　在我眼中，他无论如
何都还活着

你为什么不从窗户进去

我认识一个胆大妄
为的家伙，他把卧
室的烟囱直接当成
大门

他偶然中撞见所有只能在夜里
吐露的秘密

地板上一阵快速舞步
击脚跳

他如一个精灵

与你相似，但更诡计多端

他的三角形脸庞绽放出一个鬼
脸

他多么痛苦，当他似乎要
笑

他的心因过度使用而变
圆

哪怕深陷最险恶的角落
他也不想
清醒
飞走

我担心我遇见的人不是他
我担心我们没时间独
处

或者我不认识的某个人

最初的人
最后的诗人

蜂巢滚向山脚
被斑驳的落叶
覆盖
在那些
折断阳光的石头
中间

人群向前涌动，采集
未成熟的
果实
孩子们吃惊地停步
鸟巢被鸟叫充满
如果攀向更高之处是被允许的
一个男人歌唱
他的胡子像一
朵挂着几滴水
珠的闪亮的云
那雨
那熄灭的光
那声响
一切在我头脑中
颤动的事物
我们在他脚边
找那荆棘
王冠
我四下环视
庭院深处有人
徒劳地敲那扇门

当那房客的眼神
突然熄灭

发生了什么

他的目光融入
台阶上滑落的
阳光
　　直到楼梯最低处一眼
　　喷泉在那里流淌
他把月亮错认作一摊
水
　　　　　　　　一些兽角出现于最后一排窗
　　　　　　　　门开了
　　　　　　　　推开它的手还在颤动

正在减肥的先知亚伯开始发牢骚

　　　　　塔朗窃贼坐下来，寂
　　　　　静让房间的摆设不安

你可以经过而不被人看见

但得在脑子里记下所有东西

外面的人无法监控你的记忆
他在门口咕哝着接应

——一个人在一年内吸收的金银多得吓人
——如果都拿来称一称
——而你，你在阴影里说话
——跟你这种粗人打交道能掉多少肉，我已经用
一把指甲锉量好了
——你想勒死我，我却变得更优秀
——那边有人看我们
——你穿得像个王子，别人就不会怀疑你我今天
出门要戴个帽子

角落里浮现一个傲慢的
轮廓

第三个角色总是
忧郁的

他总穿戴别人的
优雅

栅栏后面的谈话

有人在那后面说话，每个声音都有一个名字

如果那声音戛然而止，只留下言说的片段

那是不是一种话语

——它让我在某个夜晚里发现月亮不过是一朵
永不变化的云

——太阳看月亮看得精疲力竭了，只剩一只眼
睛来看大地

——你快要脱身的时候，脑袋卡在洞里，你被逮住

一只蜘蛛围着你吐丝

——如果我眼前没这层纱，我就能从另一面看

东西

——我低头看时，学到了重要的一课

两个肩膀举起来遮住夜空

天还没亮

门开了

你感到忧伤

一个穿灰裙子的女人

另一人与她目光游戏

一些脸

云的独特形式

万物停顿于指尖

他们回来时不再是三个人

然后

什么也没发生

夜晚

门又悄无声息地关上

——是我带来一盏灯

他从上面往下降了一点

——我告诉你，如果能树立个标准，所有人都会鼓
掌

人们的叫声与孩子的声音混在一起让我
们耳鸣

——转动的大地上方，一张
巨大的眼皮眨巴着

更快地
——没错
——就像一颗跳动的心

——但无人听到

只要稍微偏离就要掉下来

那只眼终于出现
那什么也看不见的巨眼

——你狂奔好一阵后发现他们已很远了

追捕就此停止

一个人躲起来好好休息

塔朗窃贼常常晚上出门，不是为了偷钱维持生计，而是为了挣这份钱

他熟悉每一片夜空，无论有无星光

街上奔跑的影子让他恐惧

子虚乌有的东西在他面前升起
任何一处都可藏人
沙沙作响的树林
背后
上面，护窗板啪嗒一声
一个信号吱嘎作响
有东西从我侧旁滚过

他走近一些，看清屋顶的大小形状

上流社会的屋顶

蓝色菱形和十字架的

巨大符号

如果有人说另一门语言，他也能听懂

街道在两排阴暗的房屋之间延伸向星空

他必须归还他在夜里拿走的

这荆棘丛中也许有条路

更明亮的眼睛才能寻到

穿过无人耕作的田野，它延伸

向别处　　向无限

在黑暗降临的所有角落

经历这一切后，我的无知仍然巨大

一片漆黑，没人敢往前

双手往前一阵乱摸

什么也摸不到

四下环顾

没有一丁点儿光

影子与寂静

死亡

我双手捂头，凝视那后面一切太阳底下的活物

任何地方都有双臂接纳我

大大地张开的双臂

那中间是一把武器

我本来已经死掉

但我有护身甲

超厚的皮

你从哪儿来

声音提高，但并不颤抖

这种乞求让人笑出声

然而必须有人死掉，那只手已举起来了

他的影子变长，碰到脑袋
不超过脑袋

它在第一根树枝的末梢平衡、傻笑

总不能以同一种方式杀死所有人吧

有哭喊的
有祷告的

临死前

从七楼窗户，你可
以把东西统统扔进
院子
　　　　　　然后所有的人脸都出现在窗口

这儿低些

　　　　　　可以跳过墙，拿走所有东西

对面的人不敢看

　　　　　　谁知道会发生什么
　　　　　　如果不在这儿
这是一个梦
　　　　　　醒来后
　　闹铃发出阴险的嗡鸣

他不顾昨晚听到的那阵声响

白天又出门

但他忘了戴光环

人们从人行道围过来

都想看他经过

但没人知道他要去哪儿

他滑稽地站在路边

帽子总是撞到行人

他等到一点钟敲响

灯点亮之后才进去

有人唱歌

一条向前行进的大街

一缕人造光芒落到墙上

与天空并无关系

门关上后一切寂静

他独行，越来越暗

一个巨大侧影从阴影中升起
　一扇光亮的窗户对面
　　　　一张看不见眼睛的脸隐藏着
　　　　　　　　　　　一个冒烟的烟囱

　　树林深处两个远道而来的人相遇了

他们极为靠近时
变成一个人

　　　　　　就是独自回城里的那一个

放声歌唱

微醉的风载走了词语
和悔恨

　　歌还是那么悲伤

路上还是无人的

空荡

另一个他躺入没有坟墓的荒草

在一棵哭泣的树底下

最后几滴雨

别再想那些让我们哭的

事儿

先知亚伯消失了，

在棺材里躺了三个

月

他要好的朋友们都忘了他

还有人住他的房间

潜入半开的行李箱
拿走那剩下的一切

他抬起头时脑袋开始变大

凡是能拿的东西他都拿了

携带重物使他无法快速奔跑，大家眼睁睁看着他经过

一件掀起金色尘埃的珍宝

四面传来悲哀哭号
在笑声中突然回响的那些词组成他无法理解的短语

这个窃贼被所获赃物惊呆了，不知何处放置

仅仅无辜是不够的
这世界必须知道我们什么罪也没有
罪犯可以安心睡了，不公正之事不会落到他头上

骄傲地忍受怀疑的痛苦折磨吧

监狱墙洞开了

天花板升过我们头顶

那房子将自动打开

他哭了，厌倦以全
部的重量压在我们
头顶

他还是自由的，窗户后面
的生活依旧，虽然经历了

平静与沉默

只听到一阵风，要扫走这宇宙

勒韦迪肖像

（卡桑德雷）

云层里终于

透出一缕光

一条已被遗忘的大路上躺着一具尸体

我总算能走向另一条地平线

身体与灵魂同时离开

第一次

万物昏睡

有时你感到被一个更大的空间吸引

一种要穿透眼前这堵墙的欲望

需要一种更伟大的风景

闭上眼

白色天空

树木

带来希望与记忆的马车是一个温暖的行走的房间

在空中被隔开

宇宙碎片四散

团块碎裂

在路上

看得见别的生存者，他们面色惊讶

离我们很远

几个农民抬起头，他们

的眼睛看不见稍远一点

正上演的戏

而我

要是我能忘记我曾活在别处

那里所有的白昼都从树林背后落下如太
阳
你身在何处
脚步与踪迹无可追寻

你仍没说出想说的话

另一个什么也记不得

他本该走更远

从夜晚到清晨

整个世界都变了

一晚上足够了

在将大地一分为二的火车上

在那清晨

太阳坠入港口，鱼跳跃着要吞噬火焰

那秘密被发现

灯塔在停泊之船的风帆
与火焰之间转动
为那些任随自己
被捕获的蝴蝶涂上另一层色彩

现实
另一个声音正引领我

此刻我们不再孤独

你眼睛深处有新的光芒跳动

一切不存在的事物都来环绕你的头脑

我忘了你的名字

你与我有相似的过往

我们时而良久漫步

可我无法再跟随你
我累了

白日猛地从墙后跃出，抹掉一
切

一缕新的焰火被点燃

与此同时

所有经过的鸟儿都鸣叫着，毫厘不差从同一路线飞走

先知亚伯睡了不知多久

战争中他忘却自己的不幸，在夏日所余的最后几缕阳光中寻找他的朋友

一阵猛烈的风把他们吹散了

他跟在被抢走的那堆纸后面奔跑，那些纸随时可能消失在经过的人群中

八点一刻还能赶得上火车

塔朗窃贼，面对面

很快他俩朝相反方向走开

他俩有多久
没见过对方了

——我成天在路上跑，也没遇见谁

他的帽子如盖子般自动抬高，露出不算苍老的前额

另一个他站立旁边
身形似乎高大，指尖有些苍白
脸颊凹陷
一些尘埃或粉末落下来

我所有的朋友都死了
我在荒漠里孤身一人
那里不太暖和
让我负担最重的还不是发生的那些事
而是如果我周围一个人也没有，我会很孤独
我害怕这孤独

他开始为所有死者祷
告，也为那些偶然活
下来的幸运儿
那晚他跪在床边，伴着一支蜡烛的光
一件长的白衬衣改变他的外形
他对面的邻居很害怕
那女人向他抛来诅咒，甚至把他当成魔鬼，他不过
朝她看了一眼
第二天，他俩一起去了圣心大教堂

勒韦迪肖像

（贾科梅蒂）

他的脑袋如果掉下
来，他也不会把它
拾起来

一个声音从底部升起，散开于
拱顶，一个洞在那里闪耀
一位老者跪在石头上哭泣，祈
祷他所哀求者倾听

其他那些助手围着他观看
他们不是圣徒，也非天使
那个男人也不是在教堂里
这不过是个马厩

然而那笑声和哭喊让墙壁发抖
震碎些玻璃
他在别处
他徒劳地想变好人

在那后面只见一条带走所有风景的

阴暗的河

透过窗户

还可见一些树

这一切就发生在大街与林荫大道之间

我希望看到你经过，以本真的面目

你的狂喜让我恐惧

你从哪儿偷来这些稀世珠宝

它们是流到你手上最清亮的水珠

而我，已作好死的准备

树枝后面传来音乐

太阳摇晃每个铁栅栏尽头的小铃铛

为了在寂静时刻把手伸高一点，他踩上一只凳子

总有一个分隔的天花板

这是一座没生炉火的勉强凑合的房子

有人铺了秸秆
好让雪融化掉

他们之中无人能记起

他们的脸不与任何人相似

后面前面
同一时刻

仔细听能听到有人哭

他们随时进来

我不再害怕危险

我们的肢体太疲倦了

每个人睡觉的样子都像是赴死

今晚

如果我们的痛苦宣告结束

脸庞舞动

火焰耗尽

对守夜的人来说

我们总在思考它

哪怕我们睡着了

角落里树木闪亮

在远处

一个梦

和我

一个更加苍白且孤独的头颅抬起来

对着墙

勒韦迪肖像

（贾科梅蒂）

我们只能看见
眼前事物
　　　　然而
我们身后某物
威胁着要落到
我们头上

这般寂静若持续下去

一切都会终结

连烟都不知往哪里去

白天经常动不动就天黑了

如果这是末世预兆，就不必呼吸了

打击会来得更猛烈

所有的河不再流动

到处是血，而这也会终结

那些恐惧的人停下来
往后看
身后只有风

就像风向仪指示鸟儿朝
哪个方向飞的那根手指

一些大鸟

亭子后面人们演奏《马赛曲》

太阳与孩子们沐浴在
攀升的热浪里，他们
整整一年没来这儿了

他们相互泼溅

一丝阴暗天色显出某种
机器故障之后时间终止
的那个界限

在无限延续的永恒面前打哈欠

所有人都不耐烦
地跳起来，加剧
骚动

我们等待一声咔嗒开启新的一季
那噪声响起时最好闭上眼睛

另外一个人
与你同时唱
第一声枪响没杀死任何人
然而你脸上多了一只眼睛
你的笑声更加猛烈

现在我们准备离开

道路已在树下等待

还有一些异常安静的动物

如果不是有人骑上去

我们还认不出来

最后，毫无预兆地，那柱子摇晃起来

怎么居然睡着了

所有军号在壕沟后面吹响起床号，睡眠被这刀片割断

离开的时候到了

一块磁铁会让我的心再回来

仔细观看可以发现这星光

闪耀之路通向何方

未成熟的果实从两侧掉落

如凶猛的动物，我们等着

一个人出来

一片刀片悬于两个树梢间

摇摇欲坠

还没有割掉谁的脑袋

在那里，所爱之物变得更激烈
万物自行奠基以保持永恒静态

醒来后的世界与你
进入时的不再是同
一个
这之间他学会了军人的技能

危险虽然近在身旁
但他圆脸上总有笑容

多么奇怪的一张脸

更沉重的脚步声接近

沉闷雷声追随
更明亮的闪电

布满星辰的天空坠向另一处

山坡

向着湿滑路面倒下的马匹飞走了

什么也没剩下

远处村庄平静

窗户颤动

一声噪音刮擦土地

我们

惶惶等待

帘布刚揭起，有人

便宣布以另一出喜

剧代替先前的剧目

人群无比兴奋地看到几滴人血就能

让三色堇长出来

空中挥舞的帽子证明无可置疑的某

种激情

另一人一动不动，他表情没那么

严肃，更平静，他的悲愤已平息
　其波浪仍在狭窄肩膀的水平线上
继续波动
　只见一根手杖举起，突然那头颅
弹跳进飘着旗帜的亭子
　可怜的头颅
它有一双蓝眼，灰白额头，流向大
地的血多么红

勒韦迪肖像

（贾科梅蒂）

当我落下来
坐在你影子
旁，天就开
始黑了起来

巨大而沉重，我望向天穹

双目圆睁

有人正学习嫉妒、骄傲、爱和幸福

他的头低垂于嫉

羡的目光之重量

在堆集着成千上万个梦的影子

里，一只手如蝙蝠停在你肩上

当心

看那

说话的人手里

拿着什么东西

桌上火柴不见了

镜子背后，他的肖像在雾中

颤动

他撒谎

无人听到

无人听懂

　　　　　　　　一切多么寂静

　时间流逝，没有人歌唱

　吉他琴弦颤动于电话线

　杆之间

　　　　　　　　　　激情沉睡

欲望从心脏喷射到

眼睑，整个世界平

静地坐在那儿

　　　　　　但如果有人在这人群

　　　　　　背后发出一声喊叫

　　　　　　　　　　一声恐惧

　　　　　　或悲惨的喊叫

一切就消失了
一切淹没于骚乱，再
没什么能安稳立着，
除了几种完美而可羡
的犬儒态度

然而再没什么发生
这只是个休憩场所
此处被灯光照亮的
脸，有时变成绿色

我俩进去都不用低头
可以说墙上两幅肖像
相互致意

他俩衣着相似
但还是能认出

墙上没有镜子

他俩都不想独自离开

于是一个黑翅膀的天使飞走了
猫头鹰的叫声落下泼溅了夜晚
一滴水
一个孩子朝着自我防卫的天空
扔石头
一缕新的光芒开始照耀

空气变明亮，广场上所有人觉得热，
马车停住了

人们观望

此时一个更幸福的
先知被脚下升起的
大地举起

他身后一个十字架竖起来，
透过那光芒可以看见他赤裸
的心，那也许是囚禁在他心
胸中的太阳

无人敢进入，旁
边观望一阵的人
转过身

那即将带走
他灵魂的旋风靠近了

听不见任何哭喊

一条腿动了一下

那最贪婪的可以从窗户跳下去，然
后毫不费力地站起来

那声响从下边来

那脚步

一种节拍

钟声继续敲响

空气环绕着烟囱

一个人朝向另一个

他俩再次相聚

后来我们发现他们是两个人

第二天晚上，先知在无人的车站上车

远方一个修道院的大门已打开

这世界也许会复活

一些鸽子刚死在了火车头周围

布满血

一切洒落的泪水

别的鸽子轻停在挑棚上，然后消失

站台四周的大地轻微震颤

火车开走了

下起一阵轻柔的雨

勒韦迪肖像

（贾科梅蒂）

他低头走路，目光下垂，双脚赤裸

小路上一阵暖风让落叶歌唱，它们

卷曲着飞向太阳

他沉没入拂过石头的清澈流水之旁的阴影

路上荆棘挡不住他的狂热

然而于花园尽头倾颓的墙边，他触摸到修道院回廊

的边缘，自由的边缘，他抬起眼

后面是另一个天空，一个更加轻柔的声音

升起

一种记忆，而非祷告

在恩典中返回

朝着一扇更窄的门

天空因静息而愈加广大
　　　　月亮降一个弦相，为了看得更清楚

他思念歌唱的水手们
他们去了世界另一边
　　　留在那里

而你却感到需要翅膀

在消失于树丛的一所小房子里，旅程到达终点
　　　　　他从未生活过

清晨鸟儿歌唱
四点钟
一阵清新的风托着记忆慢慢升起
一些事物将终结
是时候了

想要活下去的塔朗窃贼死了

图书在版编目（CIP）数据

塔朗窃贼 /（法）皮埃尔·勒韦迪著；冯冬译. —南宁：
广西人民出版社，2021.2
（文学·异托邦）
ISBN 978-7-219-11089-8

Ⅰ. ①塔…　Ⅱ. ①皮…②冯…　Ⅲ. ①诗体小说—法
国—近代　Ⅳ. ①I565.24

中国版本图书馆CIP数据核字（2020）第191752号

拜德雅 · 文学 · 异托邦

塔朗窃贼

TALANG QIEZEI

［法］皮埃尔 · 勒韦迪　著
冯　冬　译

出 版 人　温六零
特约策划　任绪军　邹　荣　特约编辑　任绪军
执行策划　吴小龙　　　　　责任编辑　唐柳娜
责任校对　梁小琪　　　　　书籍设计　陈靖山（山林意造）

出版发行　广西人民出版社
社　　址　广西南宁市桂春路 6 号
邮　　编　530021
印　　刷　广西民族印刷包装集团有限公司
开　　本　1092mm × 787mm　1/32
印　　张　5
字　　数　74 千
版　　次　2021 年 2 月　第 1 版
印　　次　2021 年 2 月　第 1 次印刷
书　　号　ISBN 978-7-219-11089-8
定　　价　38.00 元